爱创造的尼古拉斯

Nicholas Floats an Idea

创造力 | creativity

［澳］肯·斯皮尔曼／著　［新加坡］陈俊强／绘　彭安琪／译

四川科学技术出版社

第一章

  "我们都有想象力。"洛老师告诉尼古拉斯，"你只需要运用你的想象力构想一个创意，来使这个世界变得更加美好。"

  尼古拉斯茫然地盯着她。他几乎脱口而出："就这么简单？"

  想到洛老师可能对他的幽默感也没什么兴趣，他闭上了嘴。

有些同学已经在讨论着他们的宏伟蓝图了。

　　一个叫杰克的男孩正在设想一种节约时间的工具，可以在你蹲马桶的时候使用激光清洁你的牙齿。

夏洛特试图找出空气污染中的常见化学物质，想把它们从空气中收集起来，然后变废为宝。

　　费利西亚认为她只需要找到变身超人的方法，就能独自改变世界了。

尼古拉斯瘫坐在椅子上。他觉得自己正往一片海里撒网，却发现那里所有的好点子都已经被钓走了。

很快，洛老师又站在了他的身边。

"还没有想法吗？"她问道。

尼古拉斯用手划了一个零，洛老师遗憾地笑了笑。她走到教室前面，拍了拍手要大家安静下来。

　　"好了，大家听我讲。"她说，"你们当中有些人正为自己的想法激动不已，这很棒。这正是我想要的结果——言之成理、逻辑清晰的创意。但是有些同学似乎有点儿无从下手。"

　　洛老师环顾了一下教室，但是尼古拉斯觉得老师说的就是他。

"这是创造性思维训练。"老师继续说道，"是的，这是一次科学作业。但是爱因斯坦说过什么来着？他说'想象力比知识更有力'。我们都可以学习知识，但是我们能否创造性地运用知识呢？请记住，你们不需要真正制造出什么来。尽管放飞你们的想象力，这会很有趣的！"

"有趣，"尼古拉斯想，"有趣？"

全心投入地玩电脑游戏是有趣的；看方程式赛车是有趣的；大部分时候，吃东西也是有趣的。

但是，洛老师的科学作业简直和拔牙一样可怕。怎么会有趣呢？

科学作业

第二章

吃晚饭的时候，尼古拉斯告诉了爸爸妈妈关于科学作业的事情，妈妈嘲笑道：

"学这个干吗？她应该教你们知识，而不是让你们做白日梦。"

尼古拉斯想让妈妈给校长写信。这样也许他就不需要做洛老师布置的这次作业了。

爸爸摇了摇头说："别这样，你们俩别说傻话。"

他笑着看向妈妈："达芙妮，欢迎来到未来世界！在我们那个时候，就是学这个记那个——没别的。现在的孩子们可以上网查到他们想要的任何东西。只会死记硬背有什么用呢？孩子们需要学会如何思考！他们需要创意。这个年代，最好的工作属于有创意的人。"

突然，尼古拉斯灵光一闪。既然爸爸对这次作业这么热心，没准乐意帮忙呢。

"爸爸——"尼古拉斯说，"我脑子有点儿短路了而已。你愿不愿意抽空帮帮我？你总是有最好的创意……拜托了——好不好？"

妈妈忍俊不禁。

"噢，天啦，尼古！要不要这么可爱！"
爸爸也笑了。

"当然可以。但是我只会在开始的时候
帮你一下。创意必须是你自己的。"

"太好了！"尼古拉斯欢呼道，"你真
是最好的老爸！"

吃完晚饭，爸爸跟尼古拉斯一起坐在客厅聊天。

　　"创意可以视为一种解决问题的方式。"爸爸说道，"所以，要先提出一些问题。"

　　"功课！"尼古拉斯说，"除了功课，还是功课！"

　　"这个问题我们可不能解决。"爸爸笑着说，"我们大胆一些，想想有关世界的问题。"

尼古拉斯思索了一会儿。

"环境问题？"

"没错儿，"爸爸说，"这是一个很大的课题。我们必须缩小它的范围。有没有什

14

么具体的严重的环境问题？"

"全球变暖。"尼古拉斯回答，"这个问题在课堂上讨论过，也经常出现在新闻里。"

爸爸点了点头。"很好。为什么全球变暖是个问题呢？"

尼古拉斯知道有很多原因。比如北极熊会失去栖息地，小岛上的居民会由于海平面上升而失去家园……

他决定把小岛居民的困境告诉爸爸。爸爸靠在沙发上静静地听他讲，手指轻点着膝盖。终于，他坐直了身体。

"那么，"他说，"你觉得怎么样才能帮助他们？"

第三章

　　一开始，尼古拉斯不明白爸爸为什么要提这样的问题打击他。一个孩子怎么可能想得到办法帮助那些失去整座岛屿的人呢？

　　如果海平面上升把岛屿淹没了，岛上居民当然只有两种选择——要么变成海洋生物，要么迁移到大陆。

　　尽管如此，尼古拉斯还是反反复复地思索这个问题。

　　给他们提供潜水眼镜和脚蹼似乎帮不上什么忙。迁移到大陆的方案不仅平淡无奇，而且凄惨无比，还将意味着一些数千年古老文明的终结。小岛居民并不是造成全球变暖的主力军。为什么要由他们来承受最大的代价呢？

尼古拉斯想得越多，就越想帮忙。

一定有办法的，他想。但是两天过去了，他想不出比提供潜水脚蹼和眼镜更有创意的办法。无论是睡梦之中，还是起来之后，小岛居民的处境都在他脑中挥之不去。

终于，他灵光一现——如果可以设计一个储备岛屿呢？

　　几个月前，尼古拉斯惊讶地得知，香港国际机场所在的条形地面曾经是一片海洋。既然海洋上可以建机场，为什么不能建造一座岛屿呢？

　　他开始画图。他绘制的岛屿坐落在庞大的混凝土支架上，像碗一样。"碗"里面盛满了泥土，旁边还有几只小"碗"储存淡水。尼古拉斯草草地画了几丛棕榈树，然后大声呼唤爸爸。

　　随着尼古拉斯的讲述，爸爸逐渐睁大了眼睛——从一片空白，到不甘心于潜水脚蹼和眼镜，再到受到香港国际机场的启发，最后有了这个"碗"的创意。

　　"哇！"爸爸赞叹道。他快速甩了甩头。

　　"哇噢！我被震撼到了！"

不难知道爸爸又陷入了沉思——他好像变成了一尊雕塑。他的眼睛凝视着远方，身体一动不动，似乎连呼吸都停止了。

"他在想什么呢？"尼古拉斯很好奇。

  终于，爸爸开口了。"干得漂亮，尼古拉斯。但如果海平面持续上升呢？你将不得不重新建造一座岛屿，对不对？"

  尼古拉斯觉得自己的心沉到了谷底。和往常一样，爸爸又说对了。真扫兴！

第四章

尼古拉斯竭力忍住泪水。他对自己感到失望——为什么他没有想过爸爸提出的问题呢？

但是尼古拉斯不想放弃。想到这个创意已经令他兴奋不已。他对自己刮目相看，也令爸爸大吃一惊。如果他能想出更好的创意呢？

在学校的一整天，尼古拉斯都在搜肠刮肚地思索。

在餐厅里，他深陷在自己的思考当中，朋友们甚至以为他生病了。

科学课上，洛老师谈起了一些其他同学的精彩创意。

尼古拉斯在他的练习册上随意涂写着。他想象着一座很高的岛屿，人们必须用滑轮和绳索吊着的平台才能降落到水面。那是一座天空中的岛屿，是的，那样应该行得通。

但是这座岛屿能被建造出来吗？会不会很危险呢？对于岛上居民来说，这还像是一座岛屿吗？

从学校坐车回家的路上下着倾盆大雨。挡风板上的雨刷"嗖嗖"来回不停，妈妈费力地看着前方，开得很慢。

路面上积水横流。尼古拉斯看到雨水汇流成的小溪上，一片树叶漂流而过。

　　岛屿能否漂浮呢？尼古拉斯心想。

　　没错！他终于想清楚了。他的"碗"会是一座漂浮的岛屿，通过缆绳与海底固定……缆绳可以伸缩以应对可能持续的海平面上升。

　　但是，怎么让它浮起来呢？尼古拉斯寻思着最佳方案。一个既简单又巧妙的方案，让爸爸妈妈都大吃一惊！

回到家，尼古拉斯重新开始构想。

他决定使用回收物品为他的虚拟岛屿提供浮力。洛老师肯定会喜欢这种做法——此外，他认为这个世界需要更多的回收利用。

他的第一个想法是使用塑料矿泉水瓶。但它们会不会太小、太薄了？

接下来，尼古拉斯考虑了燃油桶，但是它们会生锈。在排除了许多其他的想法后，他想到了塑料污水箱，他曾经看到清洁工使用过，又大又结实。

如果要支撑一座岛屿，需要数以千计的空水箱。不过尼古拉斯很确定，这个世界有的是废弃污水箱。

他不知疲倦地设想着。他为自己的创意写方案、画插图，就像它真的即将改变这个世界一样。他从来没有在其他学校作业上下这么大功夫。这跟老师给定题目，收集信息，整理成文不同——这是用他自己的创意解决问题。

尼古拉斯觉得自己像一个天才，一个发明家，一个英雄。

他能想象到爸爸会说什么。

但是尼古拉斯不确定洛老师会有什么反应，也不知道她会给他的方案和演讲报告打多少分。奇怪的是，他并不在乎。

人生中第一次，他创造的热情迸发了出来。

大家一起来讨论

1. 你是否喜欢构想创意？如果是，为什么？如果不是，为什么？

2. 当你的同学有比你更好的创意时，你是否觉得失望或嫉妒？

3. 你的灵感来源是什么？其他人的想法是如何激发你的想象力的？

4. 你认为有创造力的人有什么优势？举出一些例子，说明创造性思维在科学、艺术和商业上的体现。

5. 头脑风暴有益于激发创造力。在字典中查找"头脑风暴"这个词。讲述一个你参与头脑风暴的事例。

6. 当一个想法太过宽泛的时候，它会令人感到困惑，不知从何下手。对此你可以做什么？

7. 当尼古拉斯终于想到一个创意的时候，爸爸对他提出了一个疑问。爸爸是在批评尼古拉斯吗？

8. 你是否发现，寻求对你创意的反馈会对你有所帮助呢？当你收到积极反馈的时候，你是什么感受？当你收到的并不都是好的评价时，你会怎么做？

9. 故事的最后，尼古拉斯是什么感受？为什么？

10. 回想一件你投入创造力和想象力的事情。当你完成它的时候你是什么感受？你能否再做一件这样的事情呢？